This notebook belongs to :

_____

_____

_____

Date: /   /

Date: /   /

Date: /   /

Date: /   /

Date: /   /

Date: / /

Date: /   /

Date: /   /

Date: /   /

Date: /   /

Date: /   /

Date: / /

Date: / /

Date: / /

Date: / /

Date: / /

Date: /   /

Date: / /

Date: / /

Date: /   /

Date: /   /

Date: /   /

Date: /   /

Date: / /

Date: /   /

Date: /   /

Date: /   /

Date: / /

Date: /   /

Date: /   /

Date: / /

Date: / /

Date: / /

Date: /   /

Date: /   /

Date: /   /

Date: /   /

Date: /   /

Date: /   /

Date: /   /

Date: /   /

Date: / /

Date: / /

Date: / /

Date: /   /

Date: / /

Date: / /

Date: / /

Date: /   /

Date: / /

Date: / /

Date: /   /

Date: /   /

Date: /   /

Date: /   /

Date: / /

Date: /   /

Date: / /

Date: /   /

Date: /   /

Date: /   /

Date: /   /

Date: /   /

Date: /   /

Date: /   /

Date: / /

Date: /   /

Date: /   /

Date: /   /

Date: /   /

Date: / /

Date: /   /

Date: / /

Date: /   /

Made in the USA
Monee, IL
06 March 2023

29319033R00066